Quando o meu corpo estava devastado (The Gravedigger) Могильщик

Miller A. Matine

E-mail	rolder@icloud.com
Website	www.mamatine.com

Título	Quando o meu corpo estava devastado
Editor	Miller A. Matine
Composição gráfica	Miller A. Matine
Capa	Miller A. Matine
Revisão	Leonor Borges e Ana Pires
Impressão	CreateSpace
2ª edição	Dezembro, 2018

Este livro a ninguém é dedicado

Prefácio

É com grande satisfação que tenho a honra de prefaciar o conto **QUANDO O MEU CORPO ESTAVA DEVASTADO** (The Gravedigger) de Miller A. Matine. Prefácio que se torna a legitimação de um conto cheio de mistério, amor e, sobretudo, de uma indignação social por trás das palavras.

Trata-se de um conto que busca pensar uma construção amorosa diante de uma situação conflituante. Reflete um núcleo familiar marcado pelo desejo de amor, atenção e, sobretudo, por um futuro o qual não existe. Elementos de uma vivência entre o amor, melancolia e a circunstância econômica que caminhavam de mãos dadas. O autor de modo sútil e alinhado apresenta os rumores de uma sociedade marcada pela desigualdade social.

Os personagens estão aprisionados em uma relação conjugal, mas também passam a ser pessoas abertas e dinâmicas. Personagens de um pensamento novo e complexo, projetando-se para o futuro e se prendendo às dificuldades do presente. Porém, existe uma vibração de superação e ternura.

Tive a impressão que este conto promove uma "nova leitura entre o amor e a razão". Na relação dos personagens existe algo que não se esconde; o mundo visível e invisível. Sentimos uma dualidade (razão e emoção) que vai buscar raízes na dedicação cotidiana. Não é somente uma volta ao presente triste de uma realidade em mudança, onde o velho só permanece enquanto deixa de ser velho e superado.

Este conto traz para o leitor a visão panorâmica das relações amorosas entrelaçada entre uma realidade social complexa. ("TU NÃO TE IMPORTAS COMIGO") O autor não se descuida dos aspectos psicológicos dos personagens, das suas abordagens morais e do emprego de uma sensibilidade. O autor aparenta uma relação conjugal real e distinta. Isto se expõe na comunicação entre os personagens, no qual também é de se notar um diálogo marcado pela sensibilidade. O autor narra de forma consistente e erudita.

Ao que me parece, este conto, vai além do modismo superficial dos contos escritos, pela elegância da narrativa e pela mensagem interpretativa em que se situa. Merece ser considerada uma narrativa pouco comum. Ninguém segurou ou controlou mais a minha leitura, mesmo "QUANDO O MEU CORPO ESTAVA DEVASTADO" com a realidade política do meu país.

Aline Cerqueira

Professora — Graduada e Mestre em História.
Bahia-Brasil
Outubro de 2018

Quando o meu corpo estava devastado

— TU NÃO TE IMPORTAS COMIGO.

Assim acusava-o a sua estúpida esposa, por ele ocupar a mente com pensamentos que visavam trazer alguma coisa para o seu sustento. Para ela era motivo de ralhação.

— Tu não te importas comigo, nem sequer com as minhas preocupações. — Continuava ela, importunando-o. — Sejam elas do trabalho ou inerentes a outros aspectos da minha vida. Sei que tens coisas importantes por fazer; sei que andas muito preocupado porque ultimamente não há mais "falecimentos", mas, francamente, custa-te dar-me um bocado de atenção? Por falar nisso de «falecimentos»: porque não fazes uma coisa mais decente, uma coisa que seja menos alvo de preconceito? Até quando *viveremos dos mortos*? Dá-me vergonha, sabes?

— Paraste de falar?

— Tenho muito a dizer.

— E porquê não desembucha, tudo, de uma só vez?

— Aguardo a tua reacção.

— «Aguardo a tua reacção». Psiu!

— Reacção, sim.

— Pois, então, fica sabendo que a minha reacção é a de que não tenho nenhuma reacção.

— Como é que é?

— Isso mesmo que ouviu.

— Isso mesmo que ouvi? Fico diante de ti, mas nem sequer me vês; falo-te algo, mas nem sequer me ouves. Sempre estiveste no meu primeiro plano, entretanto, eu sou o teu segundo plano. Só pensas nos cadáveres. Cadáveres que ainda não existem. Cansei de sofrer por causa desses «futuros» cadáveres. Prometias-me um mar de rosas. Casámos. Só me vi um «jardim» por poucos anos. Assim estás a sair para aonde?

Por um bom período de tempo, Chale Navaico fora um negociante destacado, famoso e o mais influente da vila de Liupo. Tinha muitos bens: carros, casas de alvenaria, manadas de bois. E o negócio andava bem, ou, pelo menos, parecia que andava bem. Os seus familiares, como é de praxe entre nós, os macuas, dependiam plenamente dele. Aliás, alguns deles, para provar-lhe a subalternidade ou fidelidade, pontapeavam os seus projectos de vida para o ajudarem nos negócios. E, nesse acto de ajuda, é claro, não lhes faltava uma oportunidade para desviar o dinheiro da venda de certos produtos, sem, com isso, se importarem com o facto de que, aquela mercadoria, Chale Navaico conseguia com um grande sacrifício.

Se na casa dos seus pais ou de qualquer outro membro familiar faltasse óleo, petróleo, caril ou mesmo uma barra de sabão, coisa que, aliás, era frequente, eram enviadas crianças para a barraca. «Vai lá, no teu tio Chale Navaico, pedir óleo...». É preciso esclarecer que, na casa dos pais de Chale Navaico, não somente moravam os pais como também moravam os filhos das suas irmãs, que deambulavam sabe o diabo por onde, e mais os filhos deles. Faziam filhos e jogavam-nos para os velhos cuidarem deles. Eh! Muito comum, isso, entre nós, os macuas. Então o leitor já pode imaginar o batalhão que por lá se encontrava. Enfim, não percamos o tempo com o que não é da nossa conta... Vamos ao que interessa.

Ora, Chale Navaico é o actual coveiro da vila. Ele que outrora fora um homem gordo e cheio de si, agora as calças que usara sem cinto, caíam-lhe até aos joelhos.

A única coisa "gorda" que lhe restou é a hidrocele, que ele proíbe de operar, com medo de morrer. O caro leitor deve estar a pensar que estamos investindo no humorismo. Infelizmente, não estamos. A verdade é que, no nosso contexto, contrariamente ao que ocorre no ocidente, ser gordo é uma coisa benévola e elogiosa, por conseguinte, ao ser dito «Estás gordo, páh!», significa «Estás a viver bem, páh!». Isso, no nosso contexto. Pensámos que carecia de explicação, esse factor.

Voltemos ao conto.

Outrora, as pessoas comiam às suas custas; agora, era ele que vivia dos restos daquelas. É claro, nisso tudo, os que eram seus competidores e que, de certa forma, se sentiam pisoteados pelo seu sucesso, faziam gracejos e zombarias a respeito da sua actual condição. Riam-se dele, do seu infortúnio, e condenavam-no pelo facto de ele não ter sabido gerir o seu dinheiro. «Até os carros e as casas o gajo vendeu», diziam, «cabeça, quando não regula, é o corpo que paga, e como paga! Assim, hoje, não estaria a viver de aluguel desses bens? Vendeu tudo na esperança de que recuperava algum dinheiro para 'levantar' o negócio, e agora semeia mortos. Eh! Eh! Eh!»

Quando a esses ex-competidores lhes apetecia, jogavam-lhe umas moedas: «*patrão* Chale Navaico, toma este valor para comprar celeste...». Aliás, a palavra *patrão* era pronunciada de uma maneira acutíssima, que lhe dava a entender (pois ele podia ser pobre em tudo, mas não em consciência) que gozavam com ele. Fazer o quê? «Fechava» os olhos e recebia mesmo assim. Na vida, temos, às vezes, de estar prontos para engolir o orgulho para conseguir o bagulho.

Bem, como ficou dito, então, o comerciante virou um coveiro. Entretanto, passavam três meses que as pessoas haviam decidido não perecer naquela vila. Acreditem que isto que contamos é verdadeiro. Fazia três meses, logo ali, onde o sistema de saúde era precário, onde a desnutrição crónica era abundante e a única água que se consumia era a água crua que, na certa, causava doenças como diarreia, febre tifoide, hepatite A, infecção intestinal, cólera, entre outras, que ninguém, mas ninguém mesmo, adoecia ou falecia. E isso estava custando muito caro a Chale

Navaico. Foi por isso que quando a Joana Rosmina disse, «Só me vi um 'jardim' por poucos anos», ele simplesmente franzira o cenho, fazendo careta própria como se dissesse «Acusas-me injustamente. Eu sou inocente». E, para apaziguar o «clima», saíra da Quitanda, metera os pés nos chinelos já gastos, pegara no seu chapéu de palha e metera-se na rua. — «Pelo menos, aqui, eu tenho paz e posso engendrar melhor as minhas ideias», pensava. «Eh! Nunca há paz no meio dos vivos. Nunca, mesmo. Mas por que devo ser eu o que resolve os problemas dela? Afinal, esse trabalho é meu ou dela? Aliás, capinar, alguma vez foi um trabalho? Diz querer a minha atenção. Qual atenção mais ela quer? Afinal é isto que vem a ser casamento? Às tantas os meus familiares têm razão. Vai ver que foi ela que me deu este azar e acabei sendo o que sou. Eu estava bem como celibato. O que ela tem, eu podia encontrar em muitas outras mulheres. Onde estava eu com a cabeça quando...?»

Navaico seguia o caminho do posto administrativo de Quinga, mais concretamente para Nakololo. Mergulhara os seus pés na estrada de saibro à procura de falecimentos: «Alguém faleceu por estas bandas?

Ninguém? Bom, se acontecer qualquer coisa, é só me chamarem». E o dia se resumia a isso. Entardecia e regressava de mãos a abanar.

Em casa:

— Jantar?

E lhe traziam xima de *caracata*1 e molho de folhas de abóbora.

— Outra vez isto?

— «Outra vez isto...»? Trouxeste caril dele?

— Se ninguém morre...! Eu vou apanhar aonde?

— E eu é que vou apanhar aonde?

— Nos teus familiares.

— Ah!

— «Ah!», o quê? Foram vocês que me desgraçaram.

— Se *começar de novo,* eu lanço fora essa comida.

— Lançar!? Vais me conhecer.

Era incrível ver como duas pessoas que um dia juraram amor uma pela outra se desprezavam por conta da desestabilização económica. Tinham seis filhos, mas apenas dois moravam com eles. Os outros quatro moravam nas casas dos tios, irmãos do Navaico. E eles, os irmãos do Navaico, não se

---

1 Farinha de mandioca seca.

importavam de criá-los por ele. E assim os tempos corriam.

Chovia. Chovia muito. E, por meio dessa chuva, houve, como era de se esperar, inundações naquela pacata vila. Quem não tinha celeiro em casa, sucumbia. O mercado, o único, por sinal, existente em Liupo, estava às moscas. A chuva era enorme e o vendaval destruíra as precárias barracas. Ninguém queria arriscar molhar a sua mercadoria, ou a sua roupa, ou mesmo o seu corpo. Os macuas são, nesse aspecto, a prova de que «o homem veio do pó da terra». Temem liquefazerem-se.

O sol espreitava.

Enfim, Deus cessara de se zangar.

Contudo, o resultado dessa zanga trazia surto de cólera. Houve «ai-ai» pra cá e «ai-ai» pra lá. Os poucos medicamentos existentes, que deveriam ser gratuitos, eram vendidos clandestinamente àqueles que tinham apenas mínimas condições.

Navaico andava contente com isso. Sabia que, finalmente, teria ganhos. Lambia os lábios de um canto a outro, para mostrar a sua satisfação. Contraíra vale, na esperança de pagar depois da realização do seu trabalho. A sua esposa coava a água (para beber) com a capulana. Cozinhava, não a xima ou as folhas da abóbora, mas arroz refogado com carne de gazela, temperada com castanha verde, vulgo «nantikwà». E dava banho aos pequenos.

Quando justamente terminava de dar banho às crianças, a Joana Rosmina caíra aos vómitos. Nem sequer havia servido o almoço. No mesmo instante, Navaico era solicitado para ir abrir, não uma cova, mas um covão. Eh! Uma vala comum. Haviam morrido de cólera cento e cinquenta e oito pessoas. E os familiares, carenciados que eram, não tinham meios de conseguir adquirir ou pagar uma urna, muito menos para as despesas funerárias. E, por essa razão, o sepultamento era deixado ao critério dos agentes da saúde, sob pena de não se conhecer onde os restos mortais daqueles «descansariam».

Saíra, então, Navaico às correrias para o «serviço». Porém, o que ele não sabia era que, nesse processo de escavação, iria infectar-se com doenças provenientes de cadáveres outrora sepultados («os quais libertavam bactérias do tubo gastrointestinal»).

Em casa, depois de tanto vomitar, abandonada com os menores, a Joana fechara os olhos. «Mamã, mamã». Chamavam as crianças que pensavam que ela dormia. Navaico procurara por ajuda, para poder dar um enterro condigno à sua esposa, mas parece que os outros também tinham as suas preocupações. Tentara pedir vale, na funerária do senhor Nikhumpuruthu, que lhe respondeu: «Eu não posso dar vale a urna, senhor coveiro. Pago o imposto para este negócio, mensalmente, e eu também quero comer».

Estava infectado, como ficou anotado, pelo que também seguira a esposa. Finalmente estavam, lado a lado, se calhar, de mãos dadas, como quando contraíram o matrimónio, quando prometeram um ao outro amar-se e cuidar-se, ficar juntos nos maus e bons momentos, na saúde e na doença, na riqueza e na pobreza, até que a morte os separasse.

The Gravedigger

MILLER A. MATINE

— YOU DON'T CARE ABOUT ME.

His stupid wife accused him of occupying his mind with thoughts about bringing sustenance to his family. To her, it was worth the scolding.

— You don't care about me, or even about what worries me, she kept bothering him, whether it's about work or other topics of my life. I know you have important things to do; I know that you are worried because there haven't been many deaths lately, but, honestly, is it that hard for you to give me a little bit of attention? Speaking of those deaths: why don't you do something more decent for a living, something that wouldn't make us the target of prejudice? Until when will we live off of death? You shame me, do you know that?

— Are you done talking?

— I have a lot to say.

— So why don't you spit it all out, at once?

— I am waiting for your reaction.

— "I am waiting for your reaction." Shh!

— Reaction, yes.

— So, for your information, my reaction is that I don't have a reaction.

— How is that?

— You heard me.

— I heard you? I stand in front of you; you don't even see me. I talk to you; you don't hear me. You have always been the center of my universe, but I am not in the center of yours. You only think of corpses. Corpses that don't exist yet. I am tired of suffering because of those "future" corpses. You promised me the world. We got married. I only saw myself as your world for a few years. Where are you going now?

For a long period of time, Chale Navaico had been a famous, conspicuous shop-owner; the most important in the village of Liupo. He had many possessions: cars, masonry houses, herds of oxen. And business was going well, or so it seemed. His relatives, as is common between us, the Macuas, depended fully upon him. Some of them, furthermore, in order to prove their subordinate position or their fidelity to him, put aside their own life projects to help him in the businesses. And, in that act of assistance, of course, they did not miss the chance to divert the money from the sale of some products, even though they knew that Chale Navaico got that merchandise with great sacrifice.

If his father's house, or some other relative's, lacked something, like oil, curry or even a bar of soap, which, by the way, happened frequently, children were sent to the shed. "Go to your uncle Chale Navaico ask for oil..." We need to clarify that in Chale Navaico's parents' home, there lived not only his parents, but also the children of his sisters, who were wandering God knows where, and also their own children. They had the babies and dumped them, for the old folks to look after. Yes! It is common, that, between us, the Macuas. So, the reader can only imagine the chaos that could be found there. Well, let's not waste time with what doesn't concern us... Let's get to what really matters.

Chale Navaico is the current grave digger of the village. Once a fat man, and full of himself, the trousers that he had used without a belt were now falling to his knees. The only "fat" thing that's left is his scrotum, due to hydrocele, but, afraid of dying, he will not consider an operation. The reader may be thinking that we are trying to be funny.

Unfortunately, we are not. The truth is that, in our world, contrary to the belief system in the West, being fat is something benevolent and complimentary. In this way, when we say, "You are fat, man!" it means "Man, you are living well!" We thought that this needed some clarification.

Let's get back to the story.

In the past, people ate at his expense; now, he lived with what those people left behind. In that, surely, those who were his rivals, and, in a certain way felt crushed by his success, bantered and mocked his current situation.

They laughed at him, at his misfortune, and condemned him for not being able to manage his own money.

"He even sold the cars and the houses," they said, "when the mind is not well, it's the body that pays, and in what ways! Could he not be living, today, on the incomes of those possessions? He sold everything, hoping to get some money to 'raise' the business, and now he is planting the dead. Eh! Eh! Eh!"

When those ex-rivals felt like it, they threw him some coins: "Boss Chale Navaico, take this money to buy a pile of corn meal..." And the word *boss* was pronounced in the sharpest way, which made him understand (because he was poor in everything, but not in his conscience) that they were bullying him. But, what could he do? He pretended that he didn't notice and took the coins anyway. In life, sometimes, we need to be able to swallow our pride, to get the dough.

Well, as it was said, the shopkeeper became a grave digger. Meanwhile, three months passed, and no one decided to die in the village. Believe me, because what I am telling you is the truth. Three months passed, in a place where the health system was precarious, where chronic malnutrition was abundant and the only water that was consumed was the raw water which, certainly, caused several diseases, like diarrhea, typhoid fever, hepatitis, bowel infection, cholera, etc., but no one, not a soul, fell ill or died. And that was costing Chale Navaico too much.

That is why, when Joana Rosmina told him "I only saw myself as 'your world' for a few years," he just furrowed his eyebrows, making a face, as if saying "You are wrongly accusing me. I am innocent." And, to soften the mood, he left the quitanda2, slipped his feet inside his well-worn slippers, grabbed his straw hat and went out. "At least here, on the street, I have peace and I can better come up with my ideas," he thought, "Eh. There is no peace in the world of the living. Never. But why should I be the one to solve her problems? Is it my job or her job, after all? And since when is weeding the *machamba3* a job? She says she wants my attention. What more attention does she want? Is this what a marriage is all about, after all? My relatives may be right, after all. Maybe it was her that gave me this bad luck, and I ended up the way I am. I was well, in bachelorhood. What she has, I could have found in some other women. What was I thinking when...?"

Navaico was on his way to the administrative station of Quinga, precisely to Nakololo. He drove his feet along the gravel road, looking for deaths: "Did anyone die around here? Anyone? Well, if something

---

2 Quitanda – traditional bed

3 A family garden used for subsistence farming

happens, let me know." And this was his day. The night came, and he would come back home, empty-handed.

At home:

— Dinner?

And they brought him caracata xima4 and boiled pumpkin leaves.

— This, again?

— "This, again?" Did you bring stew?

— If nobody dies...! Where will I go to get it?

— And I, where will I go to get it?

— With your relatives.

— Ah!

— "Ah!" what? You were the ones who ruined me.

— If you start again, I'll throw away this food.

— Throw away? You will know the real me then.

It was amazing to watch, how two people who once swore to love one another were now despising each other like this, due to economic distress. They had six children, but only two were living with them. The

---

4 Typical Mozambican dish, with dried tapioca plant flour

other four were living at uncles' houses, Navaico's brothers. And they, Navaico's brothers, didn't mind raising them for him. And time went on.

It rained. It rained a lot. And, because of that rain, there were, as it was expected, floods in the quiet village. People who didn't have the small, traditional granaries to store the fruits from their machambas at home perished. The market, the only one in Liupo, by the way, was completely empty. It was raining heavily, and the storm wrecked the precarious sheds. No one risked wetting their merchandise, or their clothing, or even their bodies. In that way, the Macuas are the living proof that "men came from earth's dust." They are afraid of liquefying.

The sun was peeking through the clouds.

At last, God was angry no more.

However, the result of that anger was a cholera outbreak. There were cries of "Ai!" every which way. The few medicines, instead of being free, as stipulated by law, were illegally sold to influential people.

Navaico was happy with this situation. He knew that, finally, he would earn something. He licked his lips, one corner to the other, showing his satisfaction. He asked for credit, hoping to pay after fulfilling his work. His wife strained the drinking water with a capulana5. She cooked, not xima or pumpkin leaves, but rice stewed with gazelle meat, seasoned with green cashews, a dish known as "nantikwà". And she gave the children their bath.

Just when she was finishing the children's bath, Joana Rosmina fell down, vomiting. She hadn't even served lunch. In that same instant, Navaico was called to open, not a hole, but a great hole. Yes, a common grave. One hundred fifty-eight people had died, from cholera. And their relatives, poor as they were, didn't have the means to buy or to pay for a coffin, let alone for the funeral expenses. And, for that reason, the burial was left for the health agents to decide, and the families would not know where the remains of their loved ones would "rest."

Navaico, then, left running to do his "business." However, what he did not know was that in the process of digging, he would get infected with the diseases coming from bodies already buried (which were releasing bacteria from the gastrointestinal tract).

---

5 African fabric.

At home with her children, after so much vomiting, Joana closed her eyes. "Mommy! Mommy!" called the children, thinking that she was asleep. Navaico searched for help, in order to give his wife a proper burial, but it seemed that the others also had their own worries. He tried to ask for a credit, at Mr. Nikhumpuruthu funeral home, who answered: "I cannot give a credit for a coffin, mister grave digger. I pay a tax for this business, every month, and I want to eat too."

He was infected, as it was already said, so he would also follow his wife. They would finally be side by side, maybe even holding hands, like when they had married, when they had promised each other to love and care for one another, to be together for the good and for the bad, in sickness and in health, in poverty and in wealth, "until death do us part."

Quando o meu corpo estava devastado

Миллер А. Матине
Перевод: Вероника Дуарте

Могильщик

— Тебе нет до меня никакого дела! - сварливо обвиняла жена в том, что голова супруга постоянно была занята поиском пропитания для семьи. По ее разумению, на эту тему обязательно нужно поскандалить.

— Тебе нет дела ни до меня, ни до того, что меня волнует, - продолжала она зудеть над ухом, - Ни до моей работы, - вообще ни до чего, что меня касается. Знаю, у тебя много важных дел, знаю, ты очень беспокоишься о том, что в последнее время никто не умирал; и все же, скажи, пожалуйста, - неужто так трудно уделить мне хоть капельку внимания? Кстати, о смертях, - почему бы тебе не заняться чем-нибудь более достойным, не вызывающим столько пересудов? До каких пор мы будем *жить за счет мертвецов*? Я из-за этого от стыда сгораю, понимаешь?

— Ты все сказала?

— Я еще много чего могу тебе сказать.

— Ну, так что не вывалишь уже все за один раз, а?

— Жду твоей реакции.

— «Жду твоей реакции». Ха!

— Да, реакции.

— Ну, тогда знай: моя реакция – отсутствие реакции.

— Как это?

— А вот так это. Что слышала.

— Ах, что слышала? Я стою перед тобой, а ты меня даже не видишь; говорю с тобой, а ты даже не слышишь меня! Ты всегда был у меня на первом плане, а я у тебя всегда на последнем. Только и думаешь о своих трупах. Трупах, которых даже еще нет. Я уже устала страдать из-за этих «будущих» трупов. Ты обещал мне море цветов. Я вышла за тебя замуж. И всего лишь несколько первых лет я действительно была у тебя на первом плане. Эй, куда это ты собрался?

Долгое время Шале Навайко был известным коммерсантом, самым влиятельным в деревне Лиупо. У него было много добра: машины, каменные дома, стада быков. Бизнес шел хорошо, - по крайней мере, так выглядело со стороны. Его родственники, как у нас, у макуа, принято, полностью зависели от него. Мало того, - некоторые, желая продемонстрировать свое подчиненное положение и преданность, с готовностью забрасывали собственные дела, помогая ему в бизнесе. Впрочем, в этом акте доброй воли они не упускали возможности класть себе в карман выручку от продажи некоторых товаров, при этом ничуть не смущаясь тем фактом, что зачастую доставались они Шале Навайко с огромным трудом.

Когда в доме его родителей или у какого другого родственника заканчивалось подсолнечное масло, бензин, карри, или хотя бы даже кусок мыла (что, на самом деле, случалось не так уж редко), в его палатку сразу же посылали ребятишек: «Беги к дяде Шале Навайко, попроси масла…». Здесь следует пояснить: в отчем доме Шале Навайко жили не только его родители, но и дети его сестер, разъехавшихся по Бог знает каким деревням и весям, а также дети их детей. Настрогают потомство, скинут его на стариков… Эх! Так уж у нас, у макуа, заведено. Так что читатель может себе представить, что там было за вавилонское столпотворение. Ну, да ладно, не будем больше тратить времени на то, что не нашего ума дело... Продолжим историю.

Шале Навайко стал деревенским могильщиком. Когда-то он был толстым и энергичным, а сейчас его штаны, в которых не было ремня, то и дело спадали до колен. Единственное, что в нем осталось «толстого», это вздутое от водянки яичко, которое он даже и не думает оперировать, - боится умереть. Уважаемый читатель, должно быть, считает, что мы тут пытаемся пошутить. Увы, это не так. Дело в том, что в нашем мире, в противоположность канонам красоты, бытующим на западе, тучность — качество завидное и заслуживающее всяческого одобрения. Поэтому, если говорят: «Ну, ты толстяк!», то понимать эти слова следует: «Ну, ты и богач, дружище!». Так это звучит в нашем мире. Нам показалось, что эту деталь важно было пояснить.

Вернемся же к нашему герою.

Когда-то все питались за его счет; теперь он подбирает за ними объедки. Как и следовало ожидать, нынешнее положение Навайко вызывало у былых конкурентов, не так давно весьма болезненно переживавших его успех, массу насмешек и издевок. Они вволю потешались над ним самим, над его неудачами, обвиняли его в неумении распоряжаться своими деньгами. «Ему даже машины и дома пришлось продать! - судачили про него, - Дурак всегда за свою глупость заплатит, и как заплатит! А кабы был поумнее, и сейчас бы жил с дохода от своего имущества! Этот недотепа продал все, надеясь выручить деньжат, чтобы «поднять бизнес», а теперь закапывает мертвецов! Ха-ха-ха!»

Порой эти бывшие конкуренты снисходили до него и подкидывали пару монет: «*Хозяин* Шале Навайко, на, возьми, купи себе пакет кукурузной муки…» При этом слово «*хозяин*» произносилось с этаким особенным нажимом, чтобы он понял (кошелек, конечно, у него нынче был скудный, но, тем не менее, скудоумием он не страдал), что над ним издеваются. Что поделать… Он делал вид, что не замечал издевки, и клал подачку в карман. Порой в жизни приходится проглатывать гордость ради куска хлеба.

В общем, как мы уже сказали, коммерсант наш стал могильщиком. И вот уже три месяца как никто в деревне не умирал и делать это, по всей видимости, не собирался. Невероятно, но факт: в месте, где здравоохранение почти отсутствует, где хроническое недоедание — явление массовое, где доступна одна только сырая вода, вызывающая такие болезни как понос, тифоидную горячку, гепатит А, желудочные инфекции, холеру, и многие другие недуги, - и в таком месте на протяжении целых трех месяцев никто, ни одна душа, не то что не умер, - даже не заболел. Это очень дорого обходилось Шале Навайко. Именно этот факт заставил его нахмуриться и принять выражение оскорбленной благодетели, когда он услышал упрек Жоаны Розмины о том, что она всего лишь несколько первых лет была у него на первом плане. Чтобы разрядить обстановку, он вышел из лавки, засунул ноги в стоптанные сандалии, прихватил соломенную шляпу и подался на улицу. «По крайней мере, на улице меня никто не пилит, и можно спокойно обдумать свои идеи», - думал он. «Эх! Нет в мире живых покоя. Никогда. Но почему я должен решать ее проблемы? Моя это работа или ее, в конце концов? И вообще, с каких пор прополка огорода — это работа? Говорит, ей, видишь ли, внимания моего надо. Какого еще внимания? И вот это вот называется семейной жизнью? Мои родственники как в воду глядели. Похоже, это из-за нее у меня такие проблемы, - она сглазила. Пока не женился — все было нормально. Вон сколько женщин вокруг, и получше нее; каким местом я только думал, когда...?»

Навайко направлялся к административному центру Кинги, а именно, в Накололо. Он шел по гравийной дороге в надежде прослышать, что кто-то умер: «Не помер ли здесь кто в округе? Совсем никто? Ну, если что такое случится, вы уж меня позовите.» И так было день за днем. Наступал вечер, и он неизменно возвращался домой с пустыми руками.

Заходит в дом:

- Давай ужин!

Перед ним появлялась миска с шимой из муки мандиоки и подливкой из вареных тыквенных листьев.

- Опять то же самое?

- «Опять то же самое...»?! А ты принес мяса, чтобы я приготовила его на ужин?

- Где я его тебе возьму, если никто не мрет!

- А где я его тебе возьму?

- Попроси у своих родственников!

- Ага!

- Чего – «ага!»? Это вы меня разорили!

- Если ты снова начнешь, я выброшу эту еду к чертям.

- Выбросишь?! Попробуй только, я тебе покажу!

Невероятное зрелище – наблюдать, как двое людей, клявшихся когда-то в любви друг к другу, уничижают друг друга из-за материальных невзгод. Из их шестерых детей лишь двое живут с ними. Остальные четверо живут у дядьев, - братьев Навайко. И они, братья Навайко, не отказались их воспитывать ради него. Так время и шло.

Начались дожди. Сильные дожди. Как и следовало ожидать, в этой глухой деревушке случилось наводнение. У кого не было амбаров, потеряли все. Единственный в Лиупо рынок был пуст. Дождь лил, не прекращаясь, штормовой ветер сдувал ветхие лачуги. Никто не рисковал замочить свой товар, или одежду, и даже просто вымокнуть под дождем. В этом смысле макуа являются наглядным доказательством того, что «человек сделан из праха земного». Боятся, что их смоет.

Выглянуло солнце.

Наконец-то гнев Божий улегся.

Тем не менее, в результате этого гнева вспыхнула холера. Со всех сторон слышались стоны и крики больных.

Скудные лекарства, которые, по закону, должны были раздаваться бесплатно, из-под полы продавались местным богачам. Навайко был счастлив. Он знал, что теперь наконец-то сможет заработать. Он даже облизывался от предвкушения. Взял взаймы, надеясь отдать долг после того, как заработает. Его жена процеживала воду для питья через капулану. Готовила она уже не шиму, и не тыквенные листья, а рис, тушеный с мясом газели, приправленный зелеными каштанами, - блюдо, которое называется «нантиква». А еще она наконец-то теперь могла помыть детей.

Заканчивая купать ребятишек, Жоана Розмина упала. У нее началась сильная рвота. Она даже не успела подать обед. В то же время Навайко позвали выкопать не просто могилу, а огромную могилу. Братскую, да. От холеры преставились сто пятьдесят восемь человек. Обедневшие родственники не имели средств захоронить их по отдельности или заплатить за погребальную урну, не говоря уже об остальных расходах на похороны.

По этой причине захоронение было поручено социальной службе. Как следствие, семьи уже не могли повлиять на то, где и как упокоятся останки их близких.

Итак, Навайко бегом отправился на «вызов». В тот момент он не предполагал, что в процессе захоронения он и сам заразится (болезнетворные бактерии, испускаемые желудочно-кишечными трактами даже захороненных тел, представляли собой опасность).

Брошенная дома одна с ребятишками, после приступов сильной рвоты Жоана навсегда закрыла глаза. «Мамочка, мамочка!» - звали ее дети, думая, что она заснула. Навайко искал помощи, чтобы достойно похоронить свою супругу, но у каждого своих хлопот полон рот. В похоронном агентстве господина Нихумпуруту он попросил взаймы, на что ему ответили: «Я не могу вам дать в долг на похоронную урну, господин могильщик. Каждый месяц я плачу с этого бизнеса налоги, и я тоже должен что-то есть».

Как мы уже сказали, он заразился. Вскоре Шале Навайко последовал за своей женой. Наконец-то они были рядом, возможно, даже взявшись за руки, как когда-то на их свадьбе, где они, держась за руки, давали клятву любить и заботиться друг о друге, быть вместе и в радости, и в печали, и в богатстве и бедности, в здравии и в болезни, пока смерть не разлучит их.

Sobre o autor

Miller A. Matine é autor dos livros *Brogúncias do meu Bairro, Poemas Murchos sobre Almas Vivas, Contos de Cubículos em Tontos Versículos, Talakune e Este Conto Não Tem Título.*

www.ingramcontent.com/pod-product-compliance
Lightning Source LLC
Chambersburg PA
CBHW071221130626
46555CB00004B/1787